山海經數字幻旅 ❶

女媧造人

在成長數字教育開發團隊 編繪

全書錄音

中華教育

盤古開天闢地以後，女媧特別想到凡間去看一看。這天，她實在忍不住好奇，就順着建木來到凡間。

哇，凡間簡直美極啦！這裏有花有草、有山有水、有樹有鳥。女媧這兒看看，那兒瞧瞧，心裏別提多高興啦。

女媧一邊走一邊欣賞美景，心裏隱隱覺得這美好的地方好像少了點甚麼。可到底少甚麼呢？她繼續邊走邊琢磨。

想着，走着，女媧覺得有點累了。她來到一條清澈的小溪邊，蹲下想洗把臉，突然看到水中的自己，靈機一動：「要是有很多像我一樣的人在這裏該有多好啊！」

於是，女媧趕忙在河邊找了些軟軟的泥巴，坐下來，認真地捏起人來。

先捏一個圓溜溜的小腦袋。
再捏一個胖乎乎的身子。

接着找來漂亮的貝殼給
小人兒做件好看的衣服。
哎呀！太漂亮了！

女媧輕輕地把泥人捧在手裏，對着它吹了一口仙氣。泥人竟睜開眼睛，開口說話了：「媽媽！」

女媧開心得眼睛笑成了縫：「就叫你靈盼吧。」

女媧一口氣捏了好多好多的人，一轉眼他們全都活了。新捏的人們圍在女媧的身旁唱歌、跳舞。女媧看着他們，心裏樂開了花。

忙了一天一夜，女媧實在太累了。她看看這些人，覺得還是太少，人間應該有更多人呢！

於是，女媧想了個好辦法。她用一根藤條沾上泥巴，用力朝空中甩去。

頓時，成千上萬的小人兒像雨點一樣從空中落下來！

這些小人兒有的到山間玩耍，有的到水邊嬉戲，有的到平原奔跑，開始了他們的快樂生活。女媧看着這麼多人，又擔心起來：要是他們遇到災難了可怎麼辦？

這時她突然想起靈盼，高興地說：「對呀！災難的時候讓靈盼幫助人類！」說完，她趕忙到山間去尋找靈盼。

「靈盼——！」女媧大聲喊道。

「我在這兒呢！」靈盼開心地回應着：「女媧媽媽，這是我的好朋友，你給他也起個名吧！」

女媧笑着說：「你就叫靈賢吧！我想讓你們作為使者幫助人類，你們願意嗎？」

靈賢、靈盼說：「我們願意，可是那麼大的地方、那麼多的人，而且我們也走不快，我們怎麼幫助他們呢？」

「別擔心，看我的！」說着，女媧用手一揮，靈賢和靈盼的蛇身就變成了兩條腿。

靈賢和靈盼開心地說：「太好啦，這樣走路太方便了！讓人們也都有兩條腿吧！」

女媧施展法術，瞬間，所有人都長出了兩條靈活的腿。大家歡呼起來。

「我再賜予你們兩個寶貝——荀草和茼草。吃了它們，你們便會變得更善良和更有智慧，能更好地幫助人類。」

女媧又說：「我再送你們兩個朋友——玄鳥和乘黃。牠們能幫忙傳遞消息和回答問題，帶你們去任何想去的地方。」

「記住你們的使命！我們還會再見的！」說完，女媧順着建木朝天空飛去，靈賢、靈盼、乘黃和玄鳥不捨地望着女媧媽媽的背影。他們暗下決心，一定要好好幫助人類！

動力種子

Magic Bean

沉浸閱讀

多元化內容

主題涵蓋中國傳統文化、歷史、個人成長，內容應有盡有

配音隨時聆聽

配有普通話配音，隨時想聽就聽

實體書

電子版

精美圖畫細節滿滿

電子版獨有更寬、更大構圖，呈現更多細節

一個為兒童創作繪本，提供繪本閱讀和創作功能的電子平台。每年更新大量優質繪本，提供有趣的繪本互動功能，更具備獨創繪本「創讀」工具，讓兒童隨時閱讀、隨時創作，激發兒童的閱讀興趣和創造能力。

大量互動功能

一點就變

任意拖動人物互動

長圖拖動變化

豐富閱讀體驗，
讓孩子養成閱讀習慣！

發揮創意

改編、創作兩大模式

配音功能

靈賢

请配音

取消 確定

故事人物個性配音，發掘聲音演繹天賦

創作功能

《山海經》

保存

天馬行空隨意畫，激發孩子想像力

發揮孩子奇思妙想，
深入創造人物，改編精彩故事！

書友交流

分享討論繪本心得

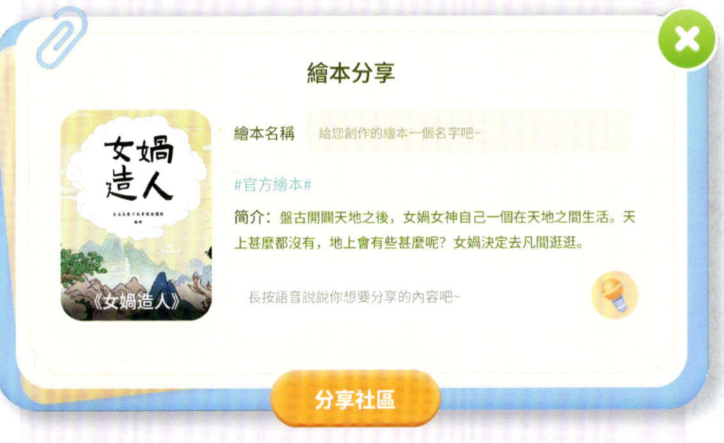

查看好友閱讀動態

分享閱讀樂趣，
知己共同創讀！

即時訂閱，全年暢讀！

掃碼下載試用，了解更多！

山海經數字幻旅 1

女媧造人

在成長數字教育開發團隊　編繪

總策劃　楊江波　周建華
教育顧問　謝錫金　沈雪明
文案設計　王思琪　吳　非　張如婷　李曼琳
插畫設計　王　倩　劉　瑩　顧啟航
配樂創作　楊若辰
技術開發　臧明正　馬一凱　張軍成　劉　爽　祁自豪
地圖繪製　張相偉

責任編輯：潘沛雯
裝幀設計：在成長數字教育開發團隊
排　　版：在成長數字教育開發團隊
印　　務：劉漢舉

出版｜中華教育
香港北角英皇道499號北角工業大廈1樓B
電話：(852) 2137 2338 傳真：(852) 2713 8202
電子郵件：info@chunghwabook.com.hk
網址：http://www.chunghwabook.com.hk

發行｜香港聯合書刊物流有限公司
香港新界荃灣德士古道220-248號 荃灣工業中心16樓
電話：（852）2150 2100　傳真：（852）2407 3062
電子郵件：info@suplogistics.com.hk

版次｜2025年7月第1版第1次印刷

規格｜16開（244mm x 215mm）

ISBN｜978-988-8914-24-1